Les Femmes en Blanc

EN VOIE DE DISPARITION

Dessin : Bercovici / Scénario : Cauvin

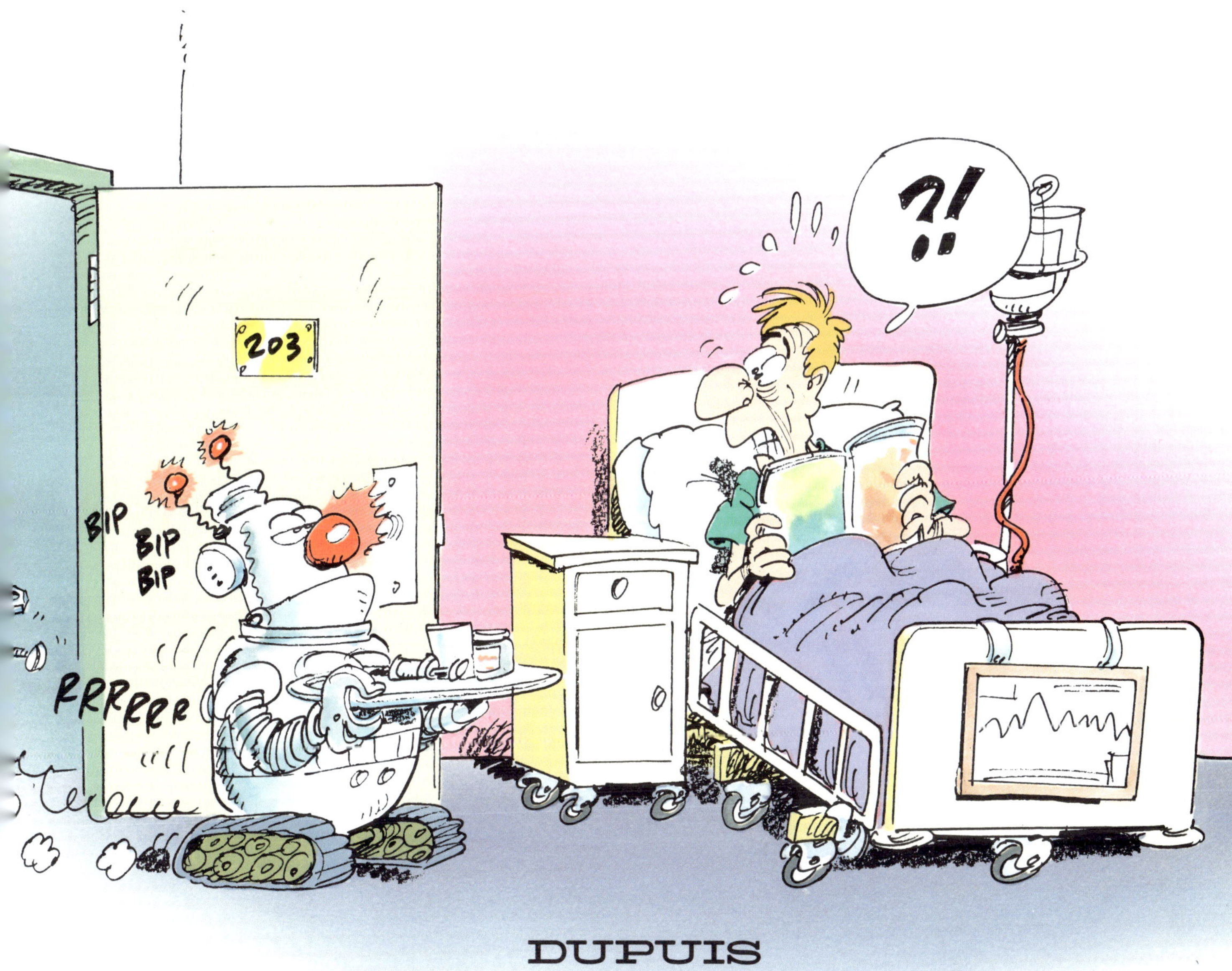

DUPUIS

www.lesfemmesenblanc.com

D.2007/0089/175
ISBN 978-2-8001-4172-5 — ISSN 0771-9124

Imprimé en France chez Pollina. L21325
www.dupuis.com

Hôpital, nous voilà!

OU ALORS COMME MONSIEUR W...
CHAMBRE 687 !
LES ASCENSEURS SONT DANS LE HALL !
?
?
IL... IL Y A QUELQUE CHOSE QUI NE VA PAS ?
VOUS AVEZ DE BEAUX YEUX, VOUS SAVEZ...
LISETTE, HI HI HI, TU VEUX BIEN...
SI VOUS VOULEZ BIEN ME SUIVRE...
OU ALORS, FAITES COMME MONSIEUR Z...
CHAMBRE 729 ! AU PREMIER ÉTAGE. LES ASCENSEURS SONT DANS LE HALL, L'ESCALIER JUSTE À DROITE !...
MERCI !
OH ! J'OUBLIAIS ! SI VOUS APERCEVEZ JUAN CARLOS, NE MANQUEZ PAS DE LUI COMMUNIQUER LE NUMÉRO DE MA CHAMBRE ! IL A PROMIS DE ME RENDRE VISITE UN DE CES JOURS !
GLUPS !
LISETTE !
OU COMME MONSIEUR MACHIN...
CHAMBRE 302 DISIEZ-VOUS ?
C'EST ÇA ! TROISIÈME ÉTAGE !

HUM ! JE... PUIS-JE VOUS DEMANDER UN CONSEIL ?
ALLEZ-Y !
S'IL M'ARRIVAIT... S'IL M'ARRIVAIT D'Y RESTER... ENFIN, VOUS VOYEZ CE QUE JE VEUX DIRE...
DE MOURIR, QUOI...
OUI !
À QUI LÉGUERAI-JE MON IMMENSE FORTUNE ? JE SUIS SEUL, ET SANS AUCUN HÉRITIER...
OU ALORS... OU ALORS, FAITES COMME MOI...
CHAMBRE 412 ?
OUI ! QUATRIÈME ÉTAGE ! LES ASCENSEURS SONT...
DANS LE HALL, JE SAIS !
POURRAIS-JE PASSER UN COUP DE FIL, S'IL VOUS PLAÎT ? C'EST POUR PRÉVENIR UN AMI !
...CABINE LÀ-BAS !
CLIK ! TUUUUUUUU
ALLÔ ! ALLÔ, JE VOUDRAIS PARLER À ROCH, S'IL VOUS PLAÎT...

TUUUUUUUUT
QUI ÇA ? MAIS ROCH VOISINE, VOYONS ! ENFIN, MADEMOISELLE, OÙ AVEZ-VOUS LA TÊTE ?... OUI, MERCI !
ALLÔ ?... ROCH ... C'EST TOI ? OUAIS, C'EST MOI !...TU PRENDS NOTE ? CHAMBRE 412 ! OUAIS... C'EST ÇA, QUAND TU VEUX ! JE T'ATTENDS ! SALUT, VIEUX !
ET N'OUBLIEZ PAS, SI VOUS AVEZ BESOIN DE QUOI QUE CE SOIT...
...APPELEZ !
HO ! Y A QUELQU'UN ?!
185
EH BIEN, VOILÀ ! À BON ENTENDEUR...
SALUT !
Z

Quoi de neuf ?

ÉHÂÂÂÂÂ...
?!
MONSIEUR ADAM ! JE SUIS CONTENTE DE VOUS VOIR REVENIR À LA VIE...
OÙ SUIS-JE ?...
À L'HÔPITAL.
QU... QU'EST-CE QUE J'AI EU ? QU'EST-CE QUI S'EST PASSÉ ?
IVRESSE AU VOLANT ! VOUS AVEZ PERCUTÉ UN PLATANE...
IL Y A DOUZE ANS DE CELA...
DOUZE ANS !?...
OUI, ET DEPUIS LORS, VOUS ÉTIEZ DANS UN COMA PROFOND...
DOUZE ANS...
QUE SONT DEVENUS MA FEMME, MES ENFANTS ?...
PENDANT LES CINQ PREMIÈRES ANNÉES, ILS SONT VENUS VOUS VOIR TOUS LES JOURS...
ET PUIS, LE TEMPS PASSANT...

MA FILLE ISABELLE, QU'EST-ELLE DEVENUE À PRÉSENT ?
J'AI APPRIS QU'ELLE S'ÉTAIT MARIÉE IL N'Y A PAS LONGTEMPS...
MONSIEUR ADAM, VOUS AVEZ UN GENDRE, À PRÉSENT...
ET MON FILS ALBERT, VOUS AVEZ DE SES NOUVELLES ?
ON M'A DIT QU'IL S'ÉTAIT MARIÉ AVEC UNE JAVANAISE DONT IL A EU DEUX ENFANTS...
MONSIEUR ADAM, VOUS ÊTES GRAND-PÈRE, À PRÉSENT...
SNIF
ET... ET MA FEMME ?
EUH... JE ME SUIS LAISSÉ DIRE QU'ELLE S'ÉTAIT REMISE EN MÉNAGE... QUE VOULEZ-VOUS, AVEC LE TEMPS...
MONSIEUR ADAM, VOUS ÊTES...
MONSIEUR ADAM ?
MONSIEUR ADAM ?!
AUCUNE AMÉLIORATION ?
EUH... N...NON ! AUCUNE, DOCTEUR...
BIP BIP

Démon de midi

A mourir de rire...

IL EST ARRIVÉ CE MATIN, ET IL Y A DE GRANDES CHANCES POUR QU'IL RENTRE CHEZ LUI DÈS DEMAIN SOIR !
OUI, MAIS D'ICI LÀ, QU'EST-CE QU'IL VA ENCORE NOUS FAIRE VOIR ?
COMME SI NOUS N'ÉTIONS PAS DÉJÀ ASSEZ DÉBORDÉES COMME CELA !
IL SAIT L'OPÉRATION SANS DANGER, VOILÀ POURQUOI IL FANFARONNE COMME CELA !
O.K., LES FILLES ! JE M'EN OCCUPE !
TOI ?
MAIS IL N'EST PAS DANS TON SERVICE !
BAH, QU'IL ATTENDE DEMAIN DANS MON SERVICE OU BIEN DANS LE VÔTRE, OÙ EST LA DIFFÉRENCE ?
TU NE SAIS PAS À QUOI TU T'ENGAGES...
L'IMPORTANT EST QU'IL VOUS FICHE LA PAIX, NON ? ...
IL A UN NOM, VOTRE ZÈBRE ?
MONSIEUR SERPOLET !
BONNE CHANCE !
MERCI !
MONSIEUR SERPOLET ?
MMMH...
?
BONG KLONG BOLONG BLAM
HÉ ! HO ! ÇA VA PAS, LA TÊTE ?
BONJOUR, MONSIEUR SERPOLET !
VOULEZ-VOUS ME SUIVRE ?

EH !? MAIS J'ÉTAIS BIEN ICI, MOI !
VOUS CHANGEZ DE SERVICE, MONSIEUR SERPOLET !
OÙ ON VA ?
OK ! JE VOUS SUIS !
VOULEZ-VOUS ME DIRE CE QUE VOUS ESSAYEZ DE FAIRE ?
J'IMITE CHEETA, HISTOIRE DE FAIRE APPARAÎTRE UN SOURIRE SUR VOTRE FACIÈS EN FORME DE PIERRE TOMBALE !
CHEETA ? QUI EST CHEETA ?
BEN, CHEETA ! TOI, JANE MOI, TARZAN !
CONNAIS PAS !
CLAP
AH ? BON...
VOUS NE SOURIEZ JAMAIS, VOUS ?
SI, CHAQUE FOIS QUE JE TOUCHE LES INTÉRÊTS SUR MES DIVIDENDES !
VOILÀ, C'EST ICI ! INSTALLEZ-VOUS, ON VIENDRA VOUS CHERCHER DEMAIN !
!
TUUUT
BIP BIP
TUUT
MMFF
HÉÉÉ, C'EST QUOI, ÇA ? C'EST PAS UN MALADE, C'EST UNE CHAÎNE HI-FI...
QU'EST-CE QUI LUI EST ARRIVÉ ?
TUUUT TUUUT
BIP BIP
KLIKE TIKE TIK
ON LUI A ENLEVÉ UNE VERRUE AVANT-HIER ! ÇA A MAL TOURNÉ...
BIIIP TUUUT TUT PFF
MAIS ! ON M'AVAIT DIT QUE C'ÉTAIT UNE OPÉRATION BÉNIGNE !
MAIS NOUS LE CROYIONS AUSSI ! ...BONNE NUIT, MONSIEUR SERPOLET !
CLAP
KLIK KLIK TCHAK TUUUU
TUUT
BIPBIP
KLIKE TIKETIK

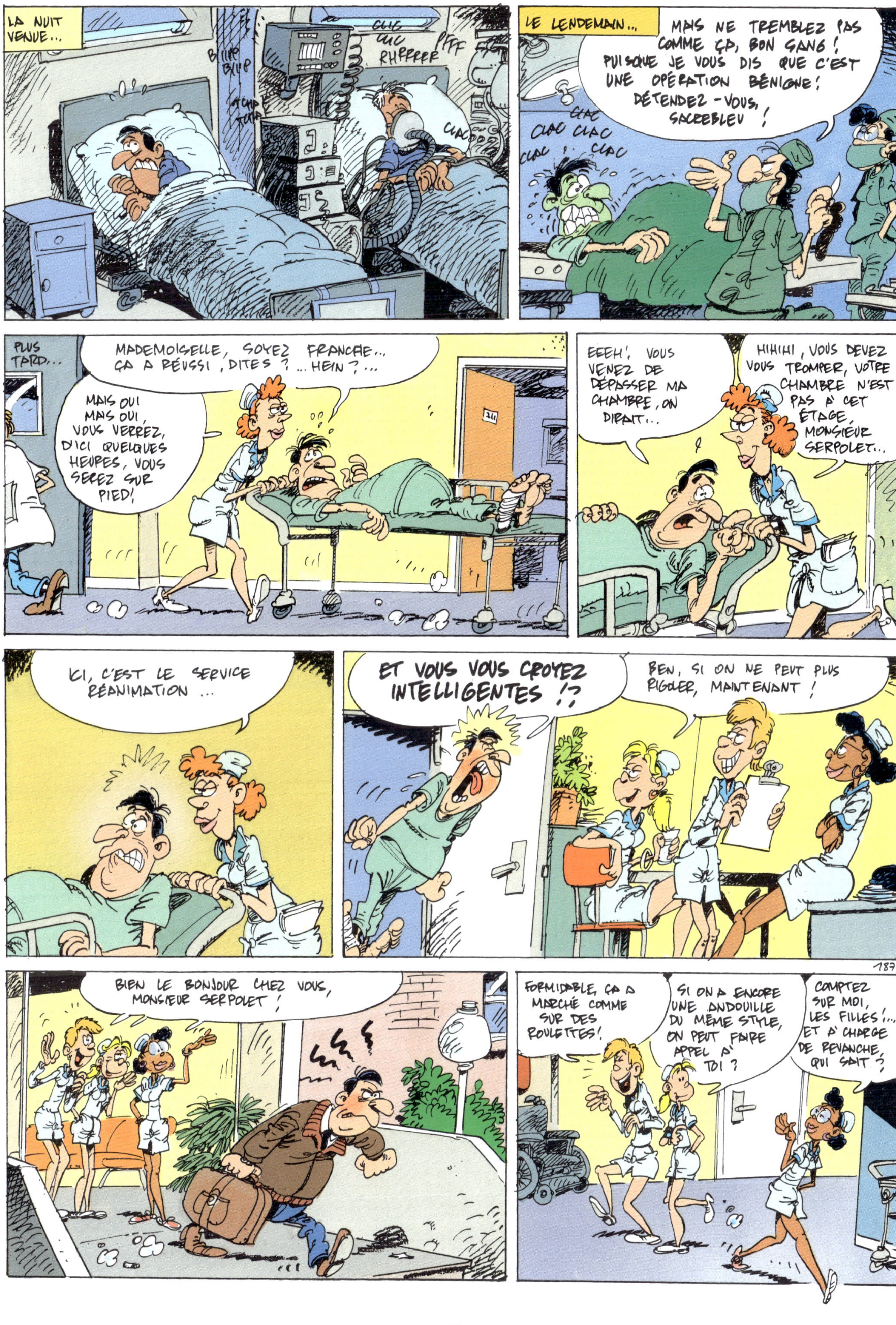
LA NUIT VENUE...
BLIIP BLIIP
CLIC CLIC
RHFFFFFF
PFFF
CLAC
LE LENDEMAIN...
MAIS NE TREMBLEZ PAS COMME ÇA, BON SANG ! PUISQUE JE VOUS DIS QUE C'EST UNE OPÉRATION BÉNIGNE ! DÉTENDEZ-VOUS, SACREBLEU !
CLAC CLAC CLAC CLAC CLAC
PLUS TARD...
MADEMOISELLE, SOYEZ FRANCHE... ÇA A RÉUSSI, DITES ? ...HEIN ? ...
MAIS OUI MAIS OUI, VOUS VERREZ, D'ICI QUELQUES HEURES, VOUS SEREZ SUR PIED !
EEEH ! VOUS VENEZ DE DÉPASSER MA CHAMBRE, ON DIRAIT...
HIHIHI, VOUS DEVEZ VOUS TROMPER, VOTRE CHAMBRE N'EST PAS À CET ÉTAGE, MONSIEUR SERPOLET...
ICI, C'EST LE SERVICE RÉANIMATION...
ET VOUS VOUS CROYEZ INTELLIGENTES !?
BEN, SI ON NE PEUT PLUS RIGOLER, MAINTENANT !
BIEN LE BONJOUR CHEZ VOUS, MONSIEUR SERPOLET !
FORMIDABLE, ÇA A MARCHÉ COMME SUR DES ROULETTES !
SI ON A ENCORE UNE ANDOUILLE DU MÊME STYLE, ON PEUT FAIRE APPEL À TOI ?
COMPTEZ SUR MOI, LES FILLES !... ET À CHARGE DE REVANCHE, QUI SAIT ?
187
4

Organes périmés

UN PETIT VERRE PAR JOUR, DEPUIS VOS 15 ANS, ÇA NOUS FAIT DANS LES 14.500 VERRES, ÇA FAIT TOUT DE MÊME BEAUCOUP, VOUS NE TROUVEZ PAS ?
BEN... EFFECTI-VEMENT...
ET... ET MON CŒUR ? IL EST EN BON ÉTAT, MON CŒUR...
VOTRE CŒUR ?
ÉCOUTEZ, JE NE VOUDRAIS PAS VOUS FAIRE DE PEINE, MAIS UN CŒUR DE 54 ANS...
UN CŒUR DE 54 ANS ? ...
ÇA ME FAIT PENSER À UN PNEU QUI A DÉJÀ ROULÉ 30000 KM... C'EST TOUJOURS UN PNEU, IL PEUT ENCORE ROULER, MAIS... ENFIN, VOUS ME COMPRENEZ...
OUI... JE... JE COMPRENDS...
DÉSOLÉ...
MAIS MERCI QUAND MÊME ....
ALORS ?
RIEN ! ILS N'ONT RIEN VOULU ! ...
À 54 ANS, ON N'EST DÉJÀ PLUS BON À RIEN...
EH, CHÉRI, TU AS LU DANS LE JOURNAL ?
ON A GREFFÉ LE CŒUR D'UN CHIMPANZÉ SUR UN ÊTRE HUMAIN ! IL PARAÎT QUE C'EST UNE PREMIÈRE...
À 54 ANS, ON VAUT DÉJÀ MOINS QU'UNE BÊTE...
QU'EST-CE QUE TU DIS ?
OH, RIEN !
BERCOVICI - CAUVIN

Mal tombé

CHOP CHOP
CHOP CHOP
CHOP
CLIC
CHOP
CHOP
CHOP CHOP
CHOP CHOP
CHOP
ENCORE UN QUI NOUS DEVRA UNE FIÈRE CHANDELLE !
OUI ! NOUS SOMMES ARRIVÉS JUSTE À TEMPS !
CHOP CHOP CHOP
CLAK
CHOP
CLAK ?!
BLAFF
À MON AVIS, IL ÉTAIT BIEN ATTACHÉ SUR LA CIVIÈRE, MAIS C'EST LA CIVIÈRE QUI ÉTAIT MAL ATTACHÉE AU CÂBLE...
OUAIS, C'ÉTAIT SON HEURE, VOILÀ TOUT !
NE PLEUREZ PAS, MADEMOISELLE ! ON A FAIT CE QU'ON A PU !

Le jour et la nuit

VROOOM
SLAM
À CE SOIR...
À CE SOIR, MAMAN !
BONJOUR, FRANÇOISE !
'JOUR !
TU ARRIVES DE PLUS EN PLUS JUSTE ! UN DE CES JOURS, TU AURAS DES ENNUIS...
VOUS CROYEZ QUE C'EST FACILE, VOUS, AVEC UN MARI ET DES ENFANTS ?
OH, MOI, JE NE CROIS RIEN DU TOUT ! MAIS TU CONNAIS LA CHEF DE SERVICE, C'EST UNE PEAU DE VACHE...
ÉVIDEMMENT, ELLE, ELLE EST VIEILLE FILLE, ALORS...

MON DIEU! JE VAIS ÊTRE EN RETARD!
AU REVOIR, FRANÇOISE!
'VOIR!
HOPITAL
SALUT, M'MAN!
ECOLE
DÉPÊCHEZ-VOUS, LES ENFANTS! VOUS DEVEZ FAIRE VOS DEVOIRS, PAPA VA BIENTÔT RENTRER ET JE N'AI PAS ENCORE COMMENCÉ LE DÎNER...
COMBIEN FONT 7 x 8 : 2, M'MAN ?
BERTRAND, AIDE UN PEU TA SŒUR, VEUX-TU ?
ET QUI C'EST QUI VA ME FAIRE REPASSER MA LEÇON D'HISTOIRE ?
BONSOIR, CHÉRIE! QU'EST-CE QU'ON MANGE ?
INSTALLE-TOI, C'EST PRÊT!
À TABLE, LES ENFANTS!
OUI, M'MAN!
PLUS TARD...
TU AS COUCHÉ LES ENFANTS ?
OUI!
OUAAAHH! JE VAIS ME COUCHER, MOI! JE SUIS FOURBU...

3

BLOUF
TIP
TIP TIP
TIP
TIP TIP
ALLÔ ?
ISABELLE, C'EST FRANÇOISE ! JE VOUDRAIS TE DEMANDER QUELQUE CHOSE...
OUI !? VAS-Y...
TU ES MARIÉE, COMME MOI, TU AS DES ENFANTS, COMME MOI, TU ES INFIRMIÈRE, COMME MOI...
OUI, ET ALORS ?
COMMENT FAIS-TU POUR TENIR LE COUP !?
FAIS COMME MOI : CHANGE DE SERVICE...
T... TU VEUX DIRE... QUE JE DEVRAIS PASSER AU SERVICE DE NUIT ?
OUI !
TU RIGOLES ?
NON !
UNE SEMAINE PLUS TARD...
BONJOUR, NADINE...
SALUT, FRANÇOISE...
TU AS L'AIR DRÔLEMENT EN FORME, CES TEMPS-CI...
TU NE VAS PAS ME DIRE QUE LE SERVICE DE NUIT, TU ADORES ?
SI !
JE NE TE COMPRENDS VRAIMENT PAS...
ATTENDS D'ÊTRE MARIÉE, JEUNE FILLE...
HOLÀ... SIX HEURES ! IL VA FALLOIR QUE JE RENTRE... À DEMAIN !
C'EST ÇA, À DEMAIN !

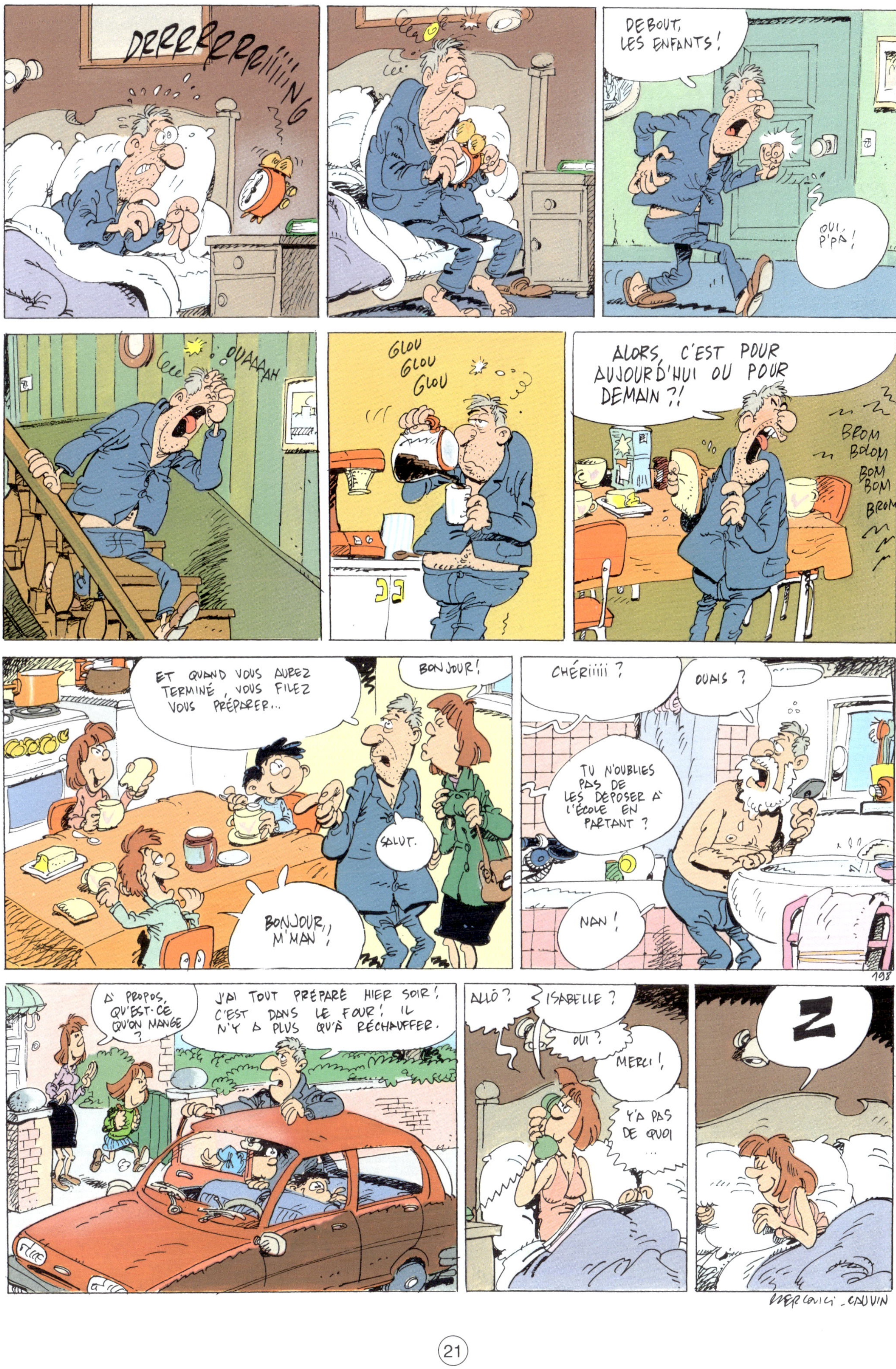
DRRRRRRRRiiiiiNG
DEBOUT, LES ENFANTS !
OUI, P'PA !
OUAAAAH
GLOU GLOU GLOU
ALORS, C'EST POUR AUJOURD'HUI OU POUR DEMAIN ?!
BROM BOLOM BOM BOM BROM
ET QUAND VOUS AUREZ TERMINÉ, VOUS FILEZ VOUS PRÉPARER...
BONJOUR !
SALUT.
BONJOUR, M'MAN !
CHÉRIiiii ?
OUAIS ?
TU N'OUBLIES PAS DE LES DÉPOSER À L'ÉCOLE EN PARTANT ?
NAN !
198
À PROPOS, QU'EST-CE QU'ON MANGE ?
J'AI TOUT PRÉPARÉ HIER SOIR ! C'EST DANS LE FOUR ! IL N'Y A PLUS QU'À RÉCHAUFFER.
ALLÔ ?
ISABELLE ?
OUI ?
MERCI !
Y'A PAS DE QUOI ...
Z
5
MERCOVICI - CAUVIN

Fou de musique

IL SE PREND À LA FOIS POUR UN TROMPETTISTE, UN GUITARISTE ET UN BATTEUR...
IL JOUAIT AVANT DANS UN ORCHESTRE...
POURQUOI NE L'OPÈRENT-ILS PAS CHEZ EUX ?
TU SAIS BIEN QU'ILS NE SONT PAS ÉQUIPÉS POUR CE GENRE D'INTERVENTION...
ON L'OPÈRE QUAND ?
DEMAIN !
LE LENDEMAIN...
TIIIINNG TIIIING
TIIINNG
TU VEUX QUE JE TE DISE, ANNIE ? À MON AVIS, ON NE LUI A PAS TOUT ENLEVÉ, À L'OCCUPANT DE LA 119...
QU'EST-CE QUI TE FAIT CROIRE ÇA ?
IL SE PREND ENCORE POUR LE TROMPETTISTE ?
NON
LE GUITARISTE ?
NON
LE BATTEUR ?
NON
EH BEN ALORS ?
À PRÉSENT, IL S'EST MIS À JOUER DU TRIANGLE !
AH ! AVOUE QU'IL Y A QUAND MÊME UN PROGRÈS !
OUI, MAIS TOUT DE MÊME...

Coup de sommeil

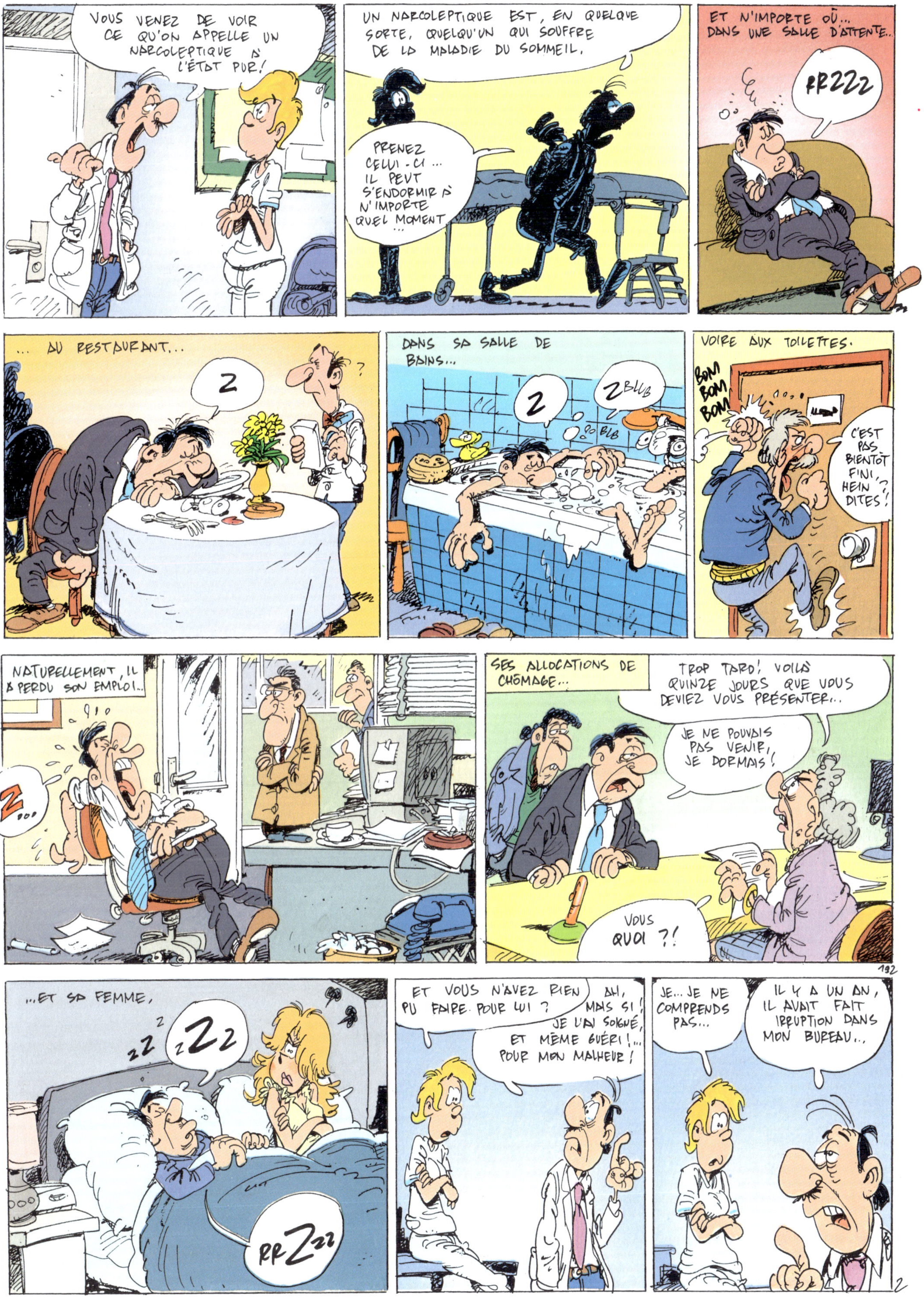
VOUS VENEZ DE VOIR CE QU'ON APPELLE UN NARCOLEPTIQUE À L'ÉTAT PUR!
UN NARCOLEPTIQUE EST, EN QUELQUE SORTE, QUELQU'UN QUI SOUFFRE DE LA MALADIE DU SOMMEIL.
PRENEZ CELUI-CI... IL PEUT S'ENDORMIR À N'IMPORTE QUEL MOMENT...
ET N'IMPORTE OÙ... DANS UNE SALLE D'ATTENTE...
RRZZZ
... AU RESTAURANT...
Z
?
DANS SA SALLE DE BAINS...
Z
ZBLUB
BLB
VOIRE AUX TOILETTES.
BOM BOM BOM
C'EST PAS BIENTÔT FINI, HEIN? DITES!
NATURELLEMENT, IL A PERDU SON EMPLOI...
Z POP
SES ALLOCATIONS DE CHÔMAGE...
TROP TARD! VOILÀ QUINZE JOURS QUE VOUS DEVIEZ VOUS PRÉSENTER...
JE NE POUVAIS PAS VENIR, JE DORMAIS!
VOUS QUOI ?!
...ET SA FEMME.
zzZZ
RRZzz
ET VOUS N'AVEZ RIEN PU FAIRE POUR LUI ?
AH, MAIS SI! JE L'AI SOIGNÉ, ET MÊME GUÉRI!... POUR MON MALHEUR!
JE... JE NE COMPRENDS PAS...
IL Y A UN AN, IL AVAIT FAIT IRRUPTION DANS MON BUREAU...

VOUS ÉTIEZ EN VACANCES, À L'ÉPOQUE...
DOCTEUR ! DANS MES BRAS !
AAAAH ?!
VOUS M'AVEZ GUÉRI ! JE NE DORS PLUS ; JE N'AI PLUS SOMMEIL ! GRÂCE À VOUS, ENFIN, JE PEUX VIVRE !
MGNNMGNNN
MERCI ! MERCI ! MERCI !
ÇA VA ! ÇA VA !
VOUS M'EN VOYEZ RAVI !
MERCI !
MERCI
MERCI !
MERCI !
LA PROCHAINE FOIS QUE VOUS VOULEZ ME DONNER DES NOUVELLES, TÉLÉPHONEZ-MOI SI ÇA NE VOUS DÉRANGE PAS...
MAIS NON ! AU CONTRAIRE ! JE N'Y MANQUERAI PAS
CE FUT L'ERREUR DE MA VIE...
?
D'ABORD, ÇA A COMMENCÉ PENDANT LA JOURNÉE ...
DRRIIING DRRIIING
VOUS PERMETTEZ ?
JE VOUS EN PRIE...
DRRIII
MERCI ! MERCI ! MERCI !
MERCI ! MERCI !
PUIS LE SOIR...
VOUS VOUS RENDEZ COMPTE ? IL EST 23 HEURES ET JE N'AI MÊME PAS SOMMEIL ! MERCI, DOCTEUR ! MERCI !
LA NUIT...
DOCTEUR ! VOUS NE DEVINEREZ JAMAIS D'OÙ JE VOUS APPELLE !
6#@!!!

ET AU PETIT MATIN...
NON MAIS, VOUS AVEZ VU L'HEURE QU'IL EST !?
JUSTEMENT, DOCTEUR ! C'EST POUR CELA QUE JE VOUS APPELLE ! IL EST CINQ HEURES, PARIS S'ÉVEILLE, ET JE N'AI PAS SOMMEIL !...
MERCI ! OH, MERCI !
DOCTEUR ? MERCI !
BREF, MA VIE ÉTAIT DEVENUE UN... COMMENT DIRAIS-JE...?
UN ENFER ?
OUI.
ET PUIS UN JOUR, IL EST VENU ME TROUVER POUR SOIGNER UN LÉGER RHUME QU'IL AVAIT ATTRAPÉ LORS D'UNE DE SES SORTIES...
QUE ?...
AAATCHAAA !!
J'AI AUSSITÔT SAISI LA CHANCE QUI S'OFFRAIT À MOI...
À PROPOS, NOUS ALLONS EN PROFITER POUR TRAITER PLUS EFFICACEMENT VOTRE NARCOLEPSIE...
SNIF
AH ?
VOILÀ, VOUS ALLEZ COMMENCER PAR EN PRENDRE UN TOUS LES MATINS...
BIEN, DOCTEUR À PROPOS, VOUS AI-JE DÉJÀ REMERCIÉ ?
SNIRFFL
DEPUIS, TOUT EST REDEVENU COMME AVANT ! JE ME SENS À NOUVEAU BIEN DANS MA PEAU...
ET CES CACHETS QUE VOUS LUI PRESCRIVEZ, QU'EST-CE QUE C'EST ?
DE L'ASPIRINE !
MAIS ÇA NE LUI FAIT AUCUN EFFET !
JUSTEMENT !
JE VOUS LAISSE FERMER ! À DEMAIN...

Fonds de tiroir

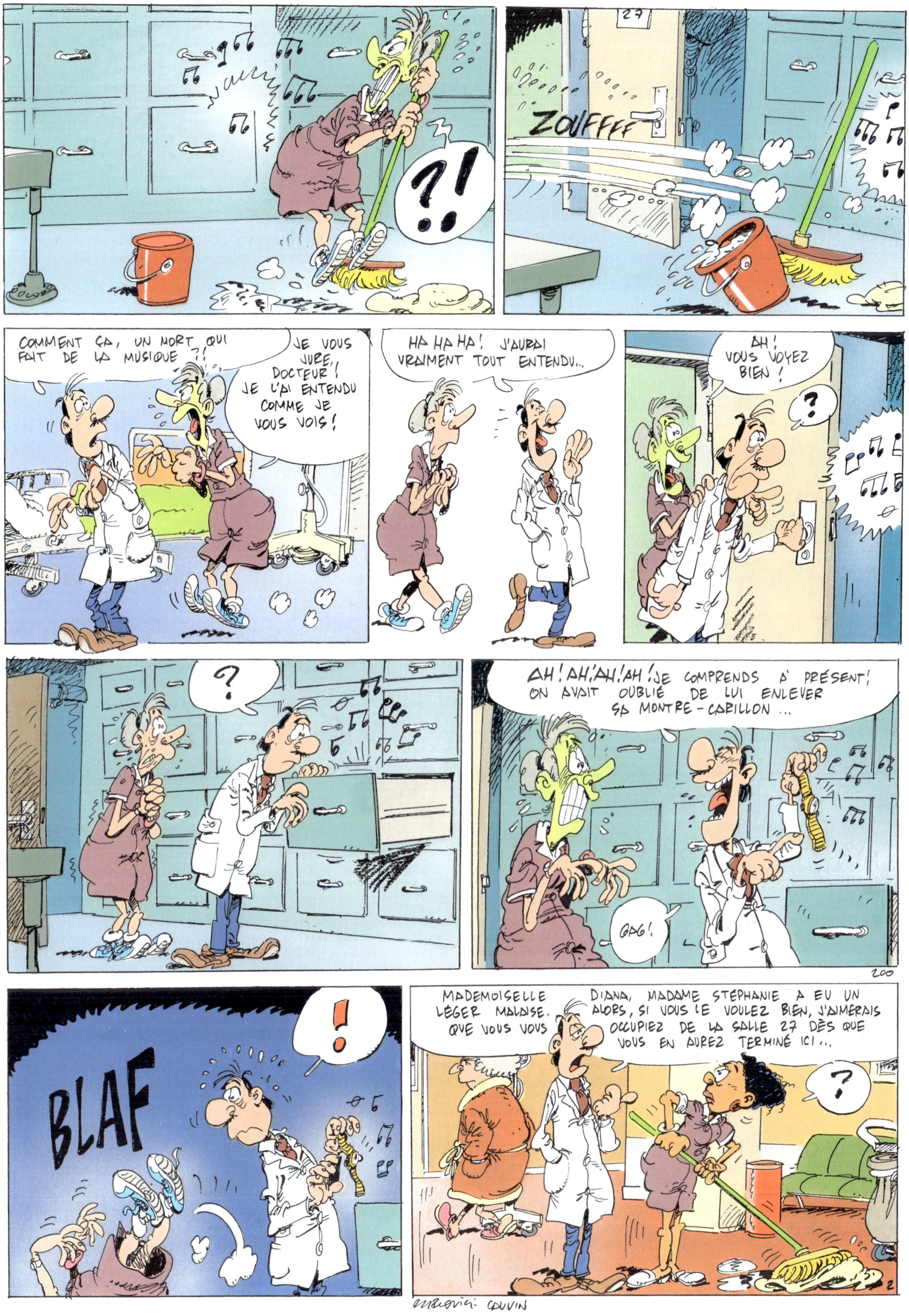
?!
ZOUFFFF
COMMENT ÇA, UN MORT QUI FAIT DE LA MUSIQUE ?!
JE VOUS JURE, DOCTEUR ! JE L'AI ENTENDU COMME JE VOUS VOIS !
HA HA HA ! J'AURAI VRAIMENT TOUT ENTENDU...
AH ! VOUS VOYEZ BIEN !
?
?
AH ! AH ! AH ! AH ! JE COMPRENDS À PRÉSENT ! ON AVAIT OUBLIÉ DE LUI ENLEVER SA MONTRE-CARILLON ...
GAG !
BLAF
!
MADEMOISELLE DIANA, MADAME STÉPHANIE A EU UN LÉGER MALAISE. ALORS, SI VOUS LE VOULEZ BIEN, J'AIMERAIS QUE VOUS VOUS OCCUPIEZ DE LA SALLE 27 DÈS QUE VOUS EN AUREZ TERMINÉ ICI...
?

Souvenirs de vacances

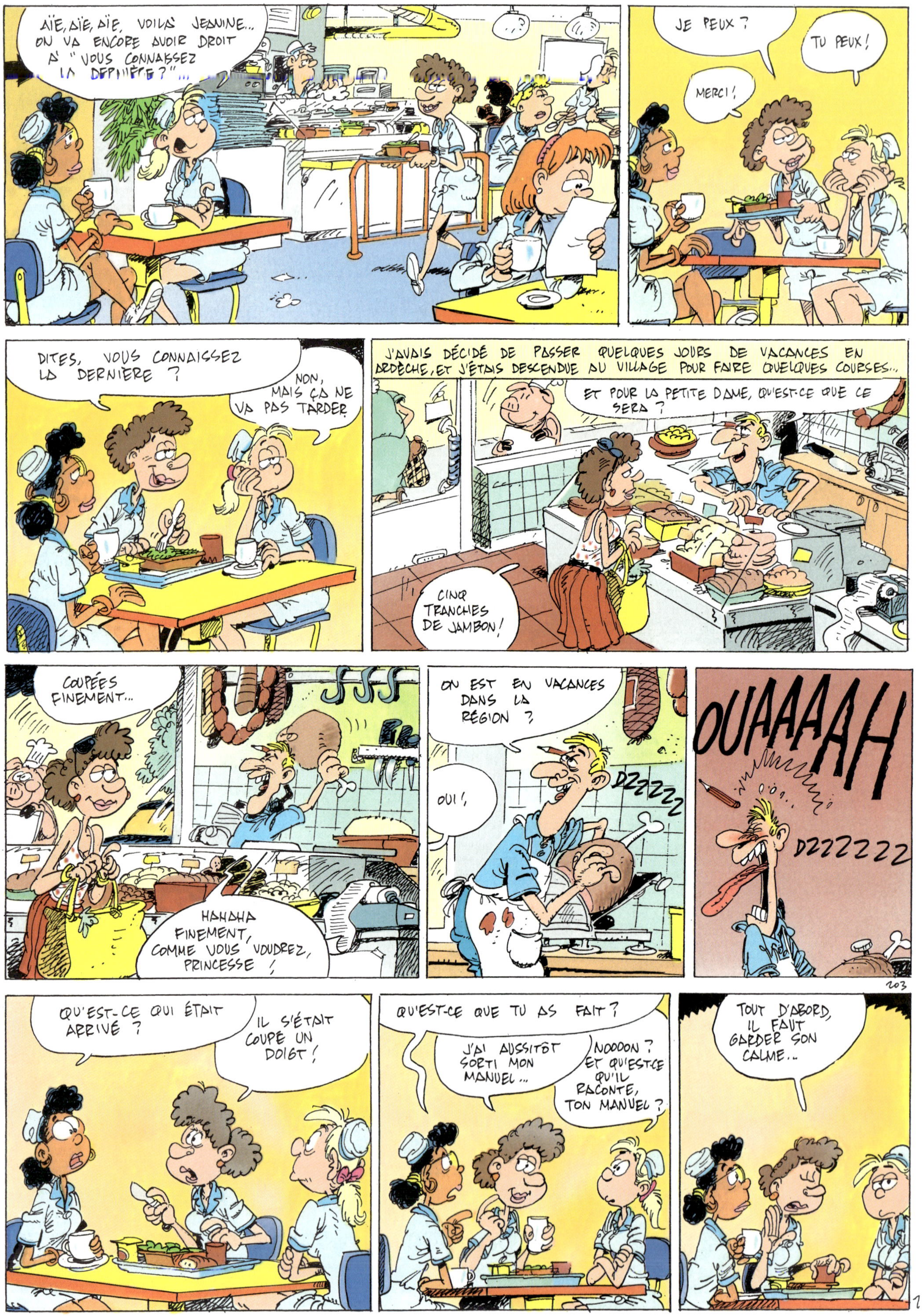

ENSUITE, S'EFFORCER DE CALMER LE BLESSÉ...
ALLONS, ALLONS ...
CESSEZ DE HURLER COMME ÇA ...
TOUT EN LUI APPOSANT UN PANSEMENT COMPRESSIF, QUE J'AVAIS AU PRÉALABLE IMBIBÉ D'UN ANTISEPTIQUE BANAL...
LA PERTE D'UN DOIGT N'EST PAS CATASTROPHIQUE ...
JE ME SUIS MISE À LA RECHERCHE DU MEMBRE SECTIONNÉ...
ET DÈS QUE JE L'AI EU TROUVÉ...
JE L'AI PLACÉ DANS UN SAC EN PLASTIQUE ÉTANCHE...
CE SAC, JE L'AI MIS EN CONTACT AVEC DE LA GLACE, DANS UN AUTRE RÉCIPIENT...
PUIS, J'AI APPELÉ UN TAXI ET JE LUI AI REMIS LE TOUT, AINSI QUE MON BLESSÉ ET L'ADRESSE DU SERVICE CHIRURGICAL LE PLUS PROCHE...
TAXI
COMME VOUS LE SAVEZ, LE DÉLAI MAXIMUM ENTRE L'ACCIDENT ET L'INTERVENTION CHIRURGICALE NE DOIT PAS DÉPASSER UNE DIZAINE D'HEURES...
EH BIEN, VOUS ME CROIREZ SI VOUS VOULEZ, MAIS MOINS DE CINQ HEURES PLUS TARD, ON LUI AVAIT RECOUSU LE DOIGT, ET À L'HEURE QU'IL EST, GRÂCE À MOI, IL EXERCE À NOUVEAU SON MÉTIER...

JE NE T'AI PAS DIT ? IL M'EST ARRIVÉ LA MÊME CHOSE !
NOOOON ?
SI !
MAIS MOI, CE N'ÉTAIT PAS EN ARDÈCHE MAIS AU SAHARA... J'AVAIS DÉCIDÉ DE VISITER UNE PORTION DU DÉSERT, ET POUR CELA, J'AVAIS LOUÉ LES SERVICES D'UN BERBÈRE ET DE SON CHAMEAU...
C'EST AU COURS D'UNE PAUSE QUE ÇA S'EST GÂTÉ...
JE NE SAIS PAS POURQUOI, MON GUIDE S'EST SOUDAINEMENT MIS À FAIRE DES PETITS CÂLINS À SON CHAMEAU...
GOUZOUGOUZOUGOUZOU...
?
KOULIKOULIKOULIKOULI
GNAP
OUAAAAAAH
QU'EST-CE QUE TU AS FAIT ?
COMME TOI ! J'AI SAUTÉ SUR LE MANUEL !
J'AI GARDÉ MON CALME, J'AI RASSURÉ LE BLESSÉ...
ALLONS, ALLONS, CESSEZ DE HURLER COMME ÇA !... LA PERTE D'UN DOIGT N'EST PAS CATASTROPHIQUE !
CALMEZ-VOUS ! MONTREZ VOIR...

?
QUATRE ! VOUS AVEZ RAISON : CONTINUEZ À HURLER, C'EST CATASTROPHIQUE !
QUATRE DOIGTS ! MAIS C'EST HORRIBLE ! ALORS, QU'EST-CE QUE TU AS FAIT ?
J'AI DÉCOUPÉ DES MORCEAUX D'ÉTOFFE DANS SA DJELLABA POUR EN FAIRE DES COMPRESSES...
PAT PAT
TU LES LUI AS APPOSÉS, COMME ÇA, SANS LES IMBIBER D'UN BANAL ANTISEPTIQUE ?
À VRAI DIRE, J'AVAIS LE CHOIX ENTRE LE CONTENU DE MA GOURDE ET CELUI DE LA VESSIE DU CHAMEAU...
QU'EST-CE QUE TU AS CHOISI ?
DANS LE DÉSERT, SANS EAU, TU ES UNE FEMME MORTE !
ENSUITE ?
JE ME SUIS MISE À LA RECHERCHE DES MEMBRES SECTIONNÉS...
KLAF
TCHOFF

JE LES AI RÉCUPÉRÉS AUSSITÔT...
JE LES AI ENROULÉS DANS MON MOUCHOIR...
ET JE LES AI CONFIÉS À MON GUIDE BERBÈRE...
COMMENT ÇA ? SANS GLACE ?
JEANINE, NOUS N'ÉTIONS PAS SUR LA BANQUISE, NOUS ÉTIONS DANS LE DÉSERT !
...MAIS POUR QUE ÇA RESTE FRAIS, JE LUI AVAIS QUAND MÊME RECOMMANDÉ DE SOUFFLER DESSUS !
EN... ENSUITE ?
JE L'AI REMIS SUR LE CHAMEAU APRÈS LUI AVOIR DONNÉ L'ADRESSE DU SERVICE CHIRURGICAL LE PLUS PROCHE... SOIT À HUIT À NEUF CENTS KILOMÈTRES...
HUIT À NEUF CENTS KILOMÈTRES ? MAIS IL N'A JAMAIS PU ARRIVER À TEMPS !
'SAIS PAS ! JE NE L'AI JAMAIS REVU !
TU... TU CROIS QU'ELLE EST SÉRIEUSE ?
VA-T'EN SAVOIR... AVEC ELLE, ON NE SAIT JAMAIS !...

Il y a un hic...

ALORS, DOCTEUR ?
JE SERAI FRANC AVEC VOUS, MADAME GOFFI ! IL N'Y A AUCUN PROGRÈS...
C'EST AFFREUX...
IL SOUFFRE TOUJOURS DE MANQUE D'ÉQUILIBRE ET DE DIFFICULTÉS D'ÉLOCUTION...
ON... ON NE SAIT PAS ENCORE DE QUOI ÇA PEUT PROVENIR ?
ON A D'ABORD CRU QUE SES PROBLEMES PROVENAIENT DE L'OREILLE INTERNE, PUIS ON A PENSÉ À UNE TUMEUR AU CERVEAU, ON A PRATIQUÉ SUR LUI TOUS LES EXAMENS POSSIBLES ET IMAGINABLES, ON N'A RIEN TROUVÉ. MAIS SI VOUS VOULEZ, JE VEUX BIEN ALLER ENCORE JETER UN COUP D'OEIL SUR SES RADIOSCOPIES...
EN ATTENDANT, JE PEUX ALLER LE VOIR ?
BIEN SÛR! IL OCCUPE TOUJOURS LA MÊME CHAMBRE.
BRUNO ?
BRUNO ?
BRUNO, C'EST MOI !
MMM ?

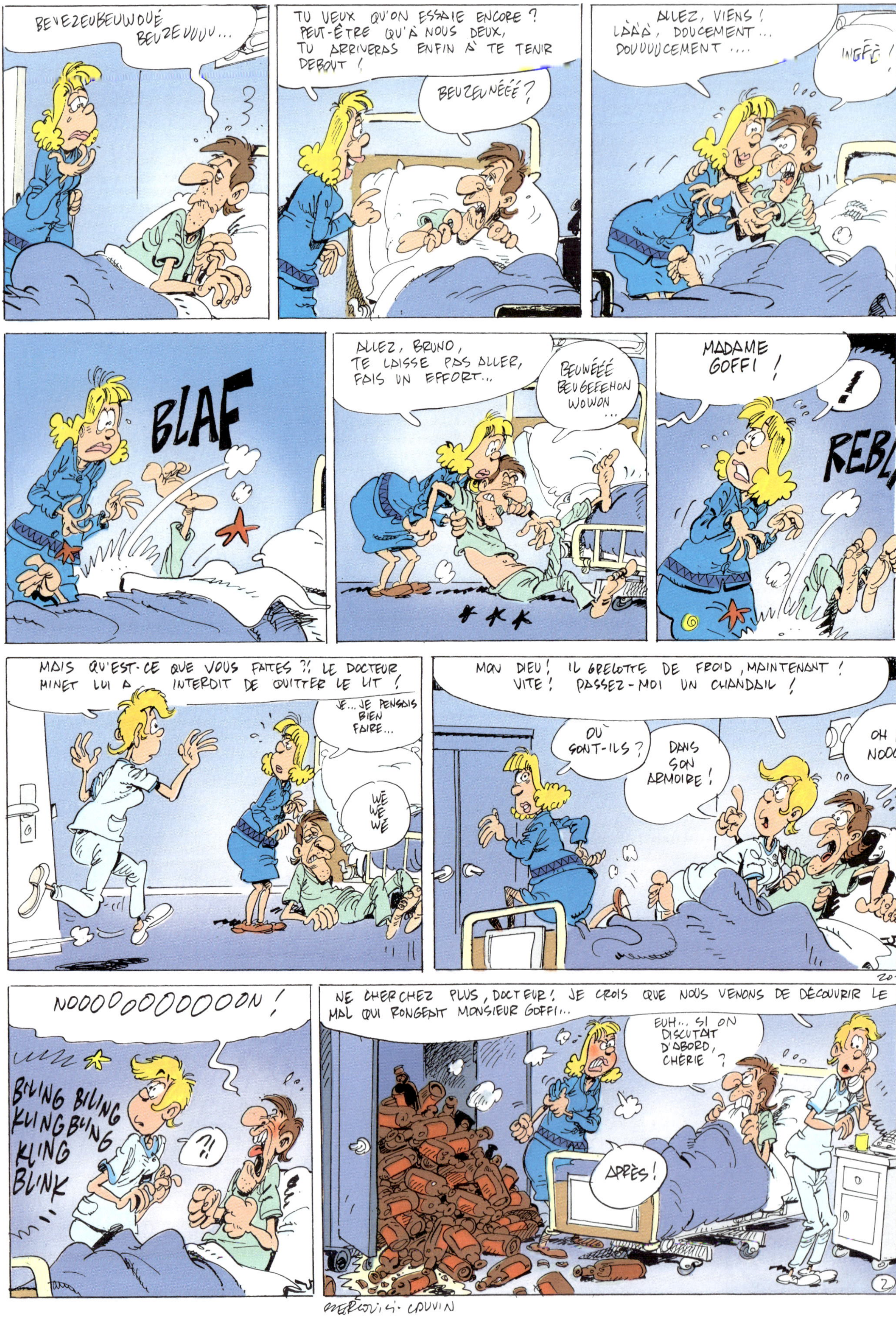
BEVEZEUBEUWOUÉ BEUZEUUUU...
TU VEUX QU'ON ESSAIE ENCORE ? PEUT-ÊTRE QU'À NOUS DEUX, TU ARRIVERAS ENFIN À TE TENIR DEBOUT !
BEUZEUNÉÉÉ ?
ALLEZ, VIENS ! LÀÀÀ, DOUCEMENT... DOUUUUCEMENT....
INGFÈ !
BLAF
ALLEZ, BRUNO, TE LAISSE PAS ALLER, FAIS UN EFFORT...
BEUWÉÉÉ BEUGEEEHON WOWON...
MADAME GOFFI !
!
REBLAF
MAIS QU'EST-CE QUE VOUS FAITES ?! LE DOCTEUR MINET LUI A INTERDIT DE QUITTER LE LIT !
JE... JE PENSAIS BIEN FAIRE...
WÉ WÉ WÉ
MON DIEU ! IL GRELOTTE DE FROID, MAINTENANT ! VITE ! PASSEZ-MOI UN CHANDAIL !
OÙ SONT-ILS ?
DANS SON ARMOIRE !
OH NON ! NOOOON !
NOOOOOOOOOOOOON !
BLING BLING KLING BLING KLING BLINK
?!
NE CHERCHEZ PLUS, DOCTEUR ! JE CROIS QUE NOUS VENONS DE DÉCOUVRIR LE MAL QUI RONGEAIT MONSIEUR GOFFI...
EUH... SI ON DISCUTAIT D'ABORD, CHÉRIE ?
APRÈS !

Promesses basses

Ça sent le sapin...

PSSSCHHH...
?
PT... T... CRRR
CRRR
CRRR...
!
SKRFRRIIITCH
CLAK
G#$!!! UN COURT-CIRCUIT!
AU SECOURS!
PFFFF
PFFFFF
PFFFFF
HEEEEEELP!!!
PSHHHH
PET
PET
OUAAAH!
AU SECOURS!
À L'AIDE!
MINUIT, CHRÉTIENS, C'EST L'HEURE SOLENNELLE...

PFFFF
PFFFF
PFFFF
MAMAAANN!!!
VOUS... VOUS AVEZ ENTENDU ?
OUI ! ON DIRAIT QUE ÇA VENAIT DE LA CHAMBRE D'À CÔTÉ...
ET CETTE ODEUR, VOUS TROUVEZ ÇA NORMAL, VOUS ?
VOUS AVEZ RAISON ! ON DIRAIT QUE ÇA SENT... LE... LE PLÂTRE BRÛLÉ...
MON DIEU !
NOËL NOËËËL VOICI LE RÉDEMPTEUR !
AU FEU !

?
?
UN EXTINCTEUR, VITE !
PSCHHHHHHHHHHHHHHH
MON DIEU ! C'EST HORRIBLE !...
C'EST... C'EST FINI ?
VOUS ?! MAIS... COMMENT ÊTES-VOUS SORTI DE LÀ, VOUS ?
JE ME LE DEMANDE MOI-MÊME ! VOUS SAVEZ, DANS CES CAS-LÀ, ON NE RÉFLÉCHIT PAS !
BARLAF
MOI AUSSI, JE VOUS AI APPORTÉ UN PETIT SAPIN AVEC UNE PETITE GUIRLANDE, MAIS VOUS POUVEZ DORMIR SUR VOS DEUX OREILLES. JE RESTE À CÔTÉ AU CAS OÙ...
BONNE NUIT ET À DEMAIN, MADEMOISELLE LISETTE...
...DEMAIN MONSIEUR DUMAS...

Récupération

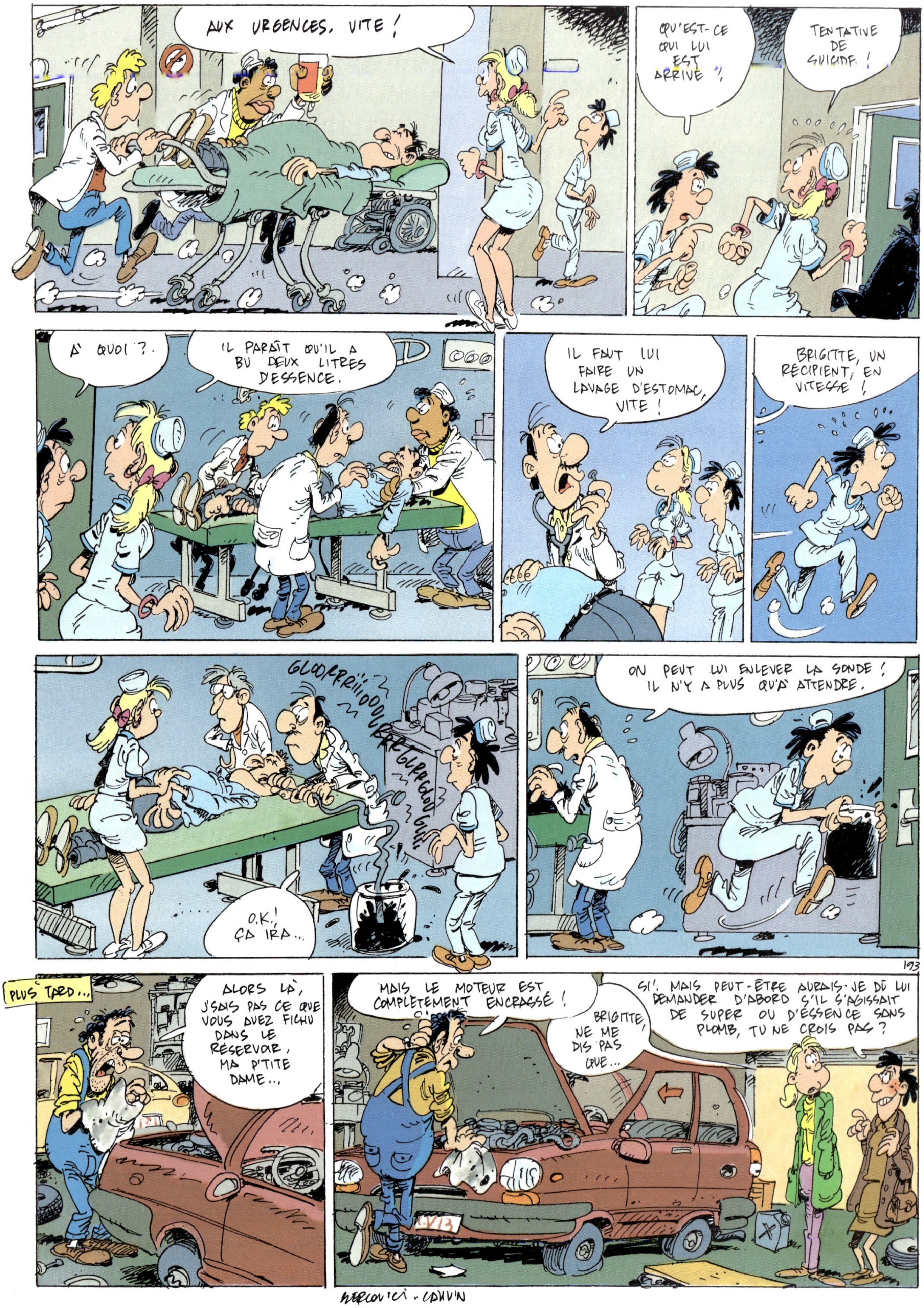

Greffé modèle

VOILÀ. C'EST AU SUJET DE VOTRE TRANSPLANTATION ...
IL N'EN EST PAS QUESTION !
MAIS ENFIN, RÉFLÉCHISSEZ ! SI C'EST LE SEUL MOYEN DE VOUS SAUVER LA VIE...
PAS À CE PRIX-LÀ !
VOUS NE VOUS RENDEZ PAS COMPTE, ILS VEULENT ME GREFFER UN CŒUR DE BABOUIN !
ÇA SE FAIT DE PLUS EN PLUS, CES TEMPS-CI...!
JE SAIS, MAIS JE SAIS AUSSI QUE CE N'EST PAS ENCORE AU POINT ET QUE ÇA RATE SOUVENT !...
EXACT !
MAIS À CHAQUE EXPÉRIENCE, LA SCIENCE FAIT UN PAS DE GÉANT, ET PEUT-ÊTRE QUE...
...SI VOUS N'Y SURVIVEZ PAS, GRÂCE À VOTRE SACRIFICE, UN AUTRE VERRA SON EXISTENCE PROLONGÉE D'UNE OU PLUSIEURS ANNÉES...
N'EMPÊCHE, SURVIVRE AVEC LE CŒUR D'UN SINGE...
LA BELLE AFFAIRE ! JE SURVIS BIEN, MOI, AVEC L'ESTOMAC D'UN SINGE ! REGARDEZ, ON ME L'A GREFFÉ IL Y A MOINS DE QUINZE JOURS !
DITES-MOI, QU'EST-CE QUE VOUS ÊTES EN TRAIN DE MANGER LÀ, SANS ARRÊT ?
DES CACAHUÈTES, POURQUOI ?
JE... JE NE VOIS PAS LE RAPPORT...
MOI, SI !
UN MOMENT, JE CROYAIS L'AVOIR CONVAINCU, ET PUIS SOUDAIN, IL A CHANGÉ D'AVIS... JE ME DEMANDE BIEN POURQUOI ?
608
2
MERCIVICI-CAUVIN

Effets secondaires

?
OUIIIIIIHIHIHIHIHIHIHA! HIHI!
D... DOCTEUR! QU'EST-CE QUE...?
NE VOUS INQUIÉTEZ PAS! C'EST UNE RÉACTION NORMALE...
OUAHAHAHA HAHAHIHA HIHIHIHIH
AH BON?
BON! À PRÉSENT, SI VOUS VOULEZ RESTER, JE N'Y VOIS PAS D'INCONVÉNIENT, SINON...
N... NON NON!
JE RESTE...
HIHI HIIIII HOK
PRÊTE, MADAME?
OUIIIIIHIHIHIHIHIHIHIHI! HI HIIIIII
À MON AVIS, IL VAUDRAIT MIEUX ATTENDRE QU'ELLE SE CALME...
VOUS AVEZ RAISON!
HIHIHIHIHIHIHI HAHA HOC HOC HIIII HIIII... HIHI HI
MAINTENANT!
HA OUAAAHHAHA HIHIHIH IHI HAHAHO HI HI HI HU HI HI HA
ALLONS-Y!
AGRRLGAGAAA GRRR
NE BOUGEZ PAS!
RHAHAHAHAHA HAHA
NE BOUGEZ PAS!
ARGLÂHAHAHAHAHA HAHIHIHIHIHIHI
BRRR! NE BOUGEZ PAS, J'AI DIT!
HIHIHIHIHI...
HONHON HONHON HON...
MADAME, VOYONS...

UNE DEMI-HEURE PLUS TARD...
ET VOILÀ ! VOUS VOYEZ, ÇA N'A PAS ÉTÉ FACILE...
HIHI HIHÉ HÉ
VOUS POUVEZ VOUS RELEVER, MADAME. C'EST TERMINÉ !
HÉHÉHÉ HÉHÉHÉ...
EUH... ÇA IRA ?
CHÉRIE !
!
BRLAF
VOUS VOYEZ ? ELLE AURA BIEN BESOIN DE VOUS POUR LA RACCOMPAGNER...
ET... ÇA VA DURER LONGTEMPS ?
HI HI HI HI HI HI
JUSQU'AU MOMENT OÙ L'EUPHORISANT CESSERA DE FAIRE EFFET ! DANS UNE HEURE OU DEUX, PEUT-ÊTRE...
SUIVANT !
HI HI HAHI HOU
HIC
OUAAAAHHAHAHAHIHIHI
CHÉRIE, S'IL TE PLAÎT...
HI HI HAHOHOHO HOU HOU
CHÉRIE, CALME-TOI, ON NOUS REGARDE...
HIHIHI HIHIHIHIHIHIHIHI
OH, NOOOOON...

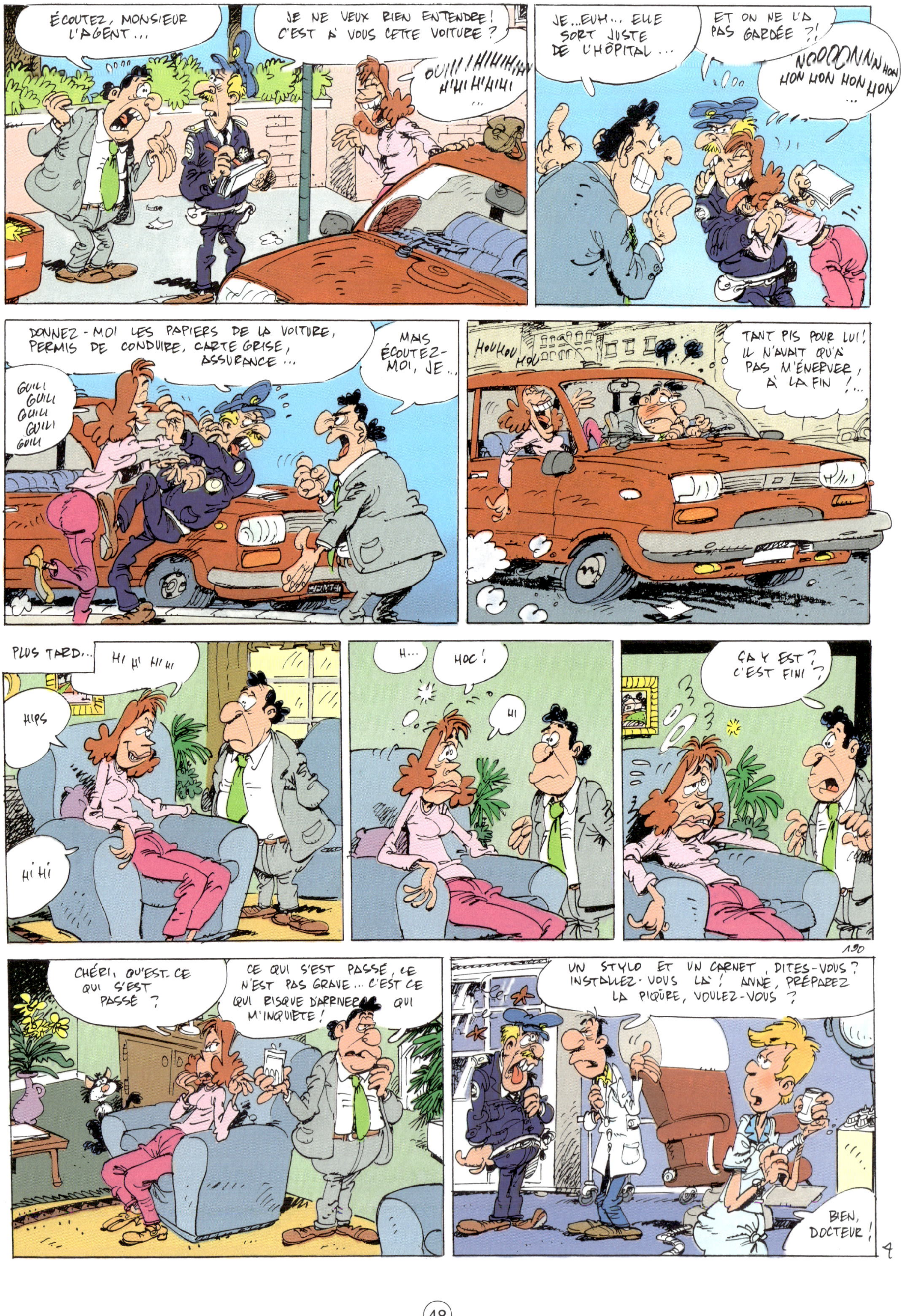

ÉCOUTEZ, MONSIEUR L'AGENT...
JE NE VEUX RIEN ENTENDRE ! C'EST À VOUS CETTE VOITURE ?
OUIII ! HIHIHIHI HIHIHIHIHI ...
JE... EUH... ELLE SORT JUSTE DE L'HÔPITAL...
ET ON NE L'A PAS GARDÉE ?!
NOOOONNN HON HON HON HON HON ...
DONNEZ-MOI LES PAPIERS DE LA VOITURE, PERMIS DE CONDUIRE, CARTE GRISE, ASSURANCE...
GUILI GUILI GUILI GUILI GUILI
MAIS ÉCOUTEZ-MOI, JE...
HOUHOU HOU
TANT PIS POUR LUI ! IL N'AVAIT QU'À PAS M'ÉNERVER, À LA FIN !...
PLUS TARD...
HI HI HI HI
HIPS
HI HI
H...
HOC !
HI
ÇA Y EST ? C'EST FINI ?
CHÉRI, QU'EST-CE QUI S'EST PASSÉ ?
CE QUI S'EST PASSÉ, CE N'EST PAS GRAVE... C'EST CE QUI RISQUE D'ARRIVER QUI M'INQUIÈTE !
UN STYLO ET UN CARNET, DITES-VOUS ? INSTALLEZ-VOUS LÀ ! ANNE, PRÉPAREZ LA PIQÛRE, VOULEZ-VOUS ?
BIEN, DOCTEUR !